b small publishing

La Gatita Lucía en la playa

Lucy Cat at the beach

Catherine Bruzzone • Illustraciones de Clare Beaton
Texto español de Rosa María Martín

Catherine Bruzzone • Illustrations by Clare Beaton
Spanish text by Rosa María Martín

1 El cuarto de la Gatita Lucía.

Es viernes.

2

Lucía se viste.

3

Hace calor.

1 Lucy Cat's bedroom.

It's Friday.

2

Lucy is getting dressed.

3

It's hot.

4
¡Lucía! ¡Lucía!
5
¿Qué, mamá?
6
Son las siete.

Ésta es la mamá de Lucía.

Es tarde.

4
Lucy! Lucy!
5
Yes Mum?
6
It's seven o'clock.

This is Lucy's Mum.

It's late.

7
Hoy vamos a la playa.
8
¿Qué me pongo?
9
Ayúdame, mamá.

Van a la playa.

La mamá ayuda a Lucía.

7
We're going to the beach today.
8
What shall I wear?
9
Help me Mum!

They're going to the beach.

Mum helps Lucy.

10
¿Este abrigo?
11
No, Lucía.
Hace mucho calor.

Lucía se pone un un abrigo.

10
This coat?
11
No Lucy.
It's too hot.

Lucy puts on a coat.

12
¿Este vestido?

13
No, Lucía.
Es demasiado grande.

Lucía se pone un vestido.

12
This dress?

13
No Lucy.
It’s too big.

Lucy puts on a dress.

14
¿Estos pantalones?
15
No, Lucía.
Son demasiado pequeños.

Lucía se pone unos pantalones.

14
These trousers?
15
No Lucy.
They're too small.

Lucy puts on some trousers.

16
Ponte la camiseta.
17
Y los pantalones cortos.
18
Y las sandalias.

16
Put on your T-shirt
17
And your shorts.
18
And your sandals.

19
Y el sombrero.

Lucía se pone un sombrero.

20
Y los gafas de sol.

Lucía se pone unos gafas de sol.

21
Sí, muy bien.

19
And my sunhat.

Lucy puts on a sunhat.

20
And my sunglasses.

Lucy puts on some sunglasses.

21
Yes, that's good

22
Aquí está
mi cubo.

Lucía toma el cubo.

23
Y mi pala.

Lucía toma la pala.

24
Y aquí está
la comida.

Mamá toma la comida.

22
Here's my
bucket.

Lucy takes the bucket.

23
And my
spade.

Lucy takes the spade.

24
And here's
the picnic.

Mum takes the picnic.

25
Y ahora, vamos.
26
¿Estamos cerca?
27
Sí, mira.

Se van.

25
Now, let's go.
26
Are we nearly there?
27
Yes, look.

Off they go.

28
¡El mar! ¡El mar!

29
Vamos a sentarnos aquí.

Mamá se sienta.

28
The sea! The sea!

29
Let's sit here.

Mum sits down.

30
¡Mira, mamá!
31
Estoy haciendo un castillo.
32
¡Qué bonito, Lucía!

Lucía está haciendo un castillo.

30
Look Mum.
31
I'm making a sandcastle.
32
That's lovely, Lucy.

Lucy is making a sandcastle.

33
¡Mira, mamá!
34
Estoy nadando.
35
¡Muy bien,
Lucía!

Lucía está nadando.

33
Look, Mum.
34
I'm swimming.
35
That's good,
Lucy.

Lucy is swimming.

36
¡Mira, mamá!
37
Estoy en una barca.
38
¡Fantástico, Lucía!

Lucía está en una barca.

36
Look, Mum.
37
I'm in a boat.
38
That's great, Lucy.

Lucy is in a boat.

39
¡SPLASH!
40
¡Splosh, splush!
¡Splish, splash!

39
SPLASH!
40
Splash, splash!
Splash, splash!

41
¿Qué es eso?
42
¡Es un tiburón!

El tiburón es fiero.

41
What's that?
42
It's a shark!

The shark is fierce.

43
¡Oh, no!
¡Socorro! ¡Socorro!
¡Oh, no! ¡Cuidado!

Los niños pequeños están nadando.

43
Oh no!
Help! Help!
Oh, no! Watch out!

The little children are swimming

44
¡Aquí está el tiburón!

El tiburón nada muy deprisa.

44
Here is the shark!

The shark swims fast.

45
¡Cuidado, gaviota!
46
¡Cuidado, cangrejo!
47
¡Cuidado, peces!

La gaviota tiene miedo.

El cangrejo tiene miedo.

Los peces tienen miedo.

45
Watch out, seagull!
46
Watch out, crab!
47
Watch out, fish!

The seagull is frightened.

The crab is frightened.

The fish are frightened.

48
¡Vengan acá!

Lucía sube a los niños pequeños a la barca.

49

Lucía salva a los niños pequeños.

48
Come here!

Lucy pulls the little children into the boat.

49

Lucy saves the little children.

El tiburón se va.

Los niños pequeños están contentos.

The shark goes away.

The little children are happy.

52
¡Gracias, Lucía!
53
Toma un helado, Lucía.
54
¡Miam, miam!

Lucía toma un helado muy grande.

52
Thank you Lucy!
53
Have an ice-cream, Lucy.
54
Yum, yum!

Lucy eats a big ice-cream.

Palabras clave • Key words

la gatita lah gah*tee*-tah  cat	hace calor *ahsseh* kalor  it's hot	mamá mam-*ah*  mum	la playa lah *plah*-yah  beach	el abrigo el abr*ee*-go  coat	el vestido el ves*tee*-do  dress
grande *gran*-deh  big	los pantalones los panta*loh*-ness  trousers	pequeño pequeña pe*kayn*-yo/ya  small	la camiseta lah kamee-*say*-ta  T-shirt	los pantalones cortos los panta*loh*-ness *kortos*  shorts	las sandalias las sand*ah*-leeyass  sandals
el sombrero el som*brair*-o  sunhat	las gafas de sol las *gaf*ass deh sol  sunglasses	el cubo el *koo*bo  bucket	la pala lah *pah*-la  spade	la comida lah kom*ee*-dah  picnic	el mar el mar  sea
el castillo el kas*tee*-yo  sandcastle	la barca lah *bar*ka 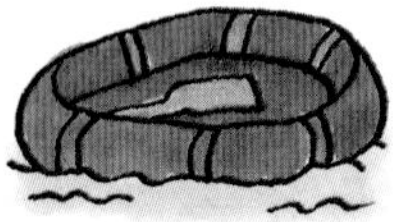 boat	¿qué es eso? keh es *esso*  what's that?	el tiburón el tiboo-*ron*  shark	nadar nad-*ar*  swim	¡cuidado! koo-ee-*dah*-do  watch out!
la gaviota lah gavee-*oh*-tah  seagull	el cangrejo el kan-*gray*-ho  crab	el pez, los peces el pes, los *pess*-ess  fish	contento contenta kon*tento*/ah  happy	gracias *grahs*-ee-ahss  thank you	el helado el el-*ah*-do  ice-cream